KB271342

별의 늪

ⓒ소나무 2024
초판 1쇄 인쇄　2024년 11월 29일

지은이　　　　소나무
펴낸이　　　　최지철
편집　　　　　최지철
펴낸곳　　　　도서출판 별구름
전자우편　　　starcloud0611@gmail.com

ISBN　979-11-978995-3-9

# 서문

부디 책의 내용이
이해받지 못하기를
공감받지 못하기를
세상살이 서럽고 외로운 이
이 저자 하나이기를
기원하고 저주하나이다


부디 어딘가 읽고 있을 이는
평탄하고 무난한
그리고 앞으로 살아갈 무언가를 쥔
저자와 다른 삶을 살고 있기에
이 시에 공감하지 못하기를
바라고 갈망하나이다

# 목차

# 별의 늪 속에서

별이 수없이 원을 그리는 동안 누워있어도
나 얼마나 더 나은 무엇이 되었는지 몰라
그것이 별의 늪이니까
비추는 것 없이 제각각 빛을 내는 곳이니까
휘황찬란한 광에 취해
찔리고 베이고 뜯겨도
별빛 취기로 아픔을 잊는 곳이니까

나 당부하기를
이곳에서 꺼내지 말아
별의 늪을 부수지도 말아
이곳은 나의 고향이자 돌아왔고 돌아올 곳
이곳마저 잃는다면
온 세상을 별의 고향으로 만들 뿐이니|

별이 죽으면 어디로 가냐고
별은 죽어도 무덤으로 들어가지 않아
쪼개지고 부서져 별의 늪으로 떨어지지

# 찬란함

별
말하는 별은
자신은 그저 가스 덩어리일 뿐이라 하지
기만
빛을 내려고 하지 않아도
태생이 빛인 자는
별빛을 동경하는 나를
언제고 이해하지 못하리라
하지만 내가 별빛을 얻어
그 빛으로 타오른다 하여도
다른 빛을 탐하고
백색광이 되어도
그 너머의 빛을 탐하는 것이
별의 궤도보다 선명하기에
그저 빛을 볼 뿐인
별이 되지 못한 이

# 기만

노력하고
발악해도
바뀌지 않는 것들
바꾸지 못하는 것들
그럼에도
그럼에도
중얼거려도
꿋꿋이 힘을 내어도
아무것도 증명하지 못하고 잊히니
희미한 분신의 불만이
사그라지게 빛나 사라지는구나

# 행복하지 못하리라

행복하지 못하리라
호탕하게 소리 내 웃고
입가 찢어지고 눈물 나게 즐거워도
과자같이 한순간의 달콤함뿐
평생 행복하지 못하리라

대신 한가지 분명하리
잔잔하게 가라앉아
물빛 너머를 보며
잔잔하게
느리게
평안하리
영원히
안도의 숨
수면 위로 뱉으리

# 홀로 수상소감

가장 안심이 되는 사람이 곁에 있어도
언제나 언제까지나
늘 변함없이
홀로 평생 외로울 것이라는 사실이
감사하면서도 서러우며 안심됩니다
신도 듣는 귀도 절대자도 독재자도 없기에
모든 짐과 영광은 나에게 돌리겠습니다

# 울음

울어도
방구석에서 벗어나도
햇볕에 한동안 앉아 있어도
뛰면서 귀가하는 초등학생을 봐도
새가 지저귀는 소리를 들어도
세상이 나 없이도 잘 돌아가고
내가 무언갈 바꿀 수 없다는 사실의 증명이라
배경에 묻혀 잠겨지고 싶을 뿐
가지지 못할 아름다움이라면
박수을 보내고 나는 사라져 주고 싶을 뿐

# 답지를 열어본 날

인생에는 답이 없다고 하지만
답지는 많이 나왔기에
하나둘 들여다보아도
꾸짖음보다는 칭찬을 들었기에
모든 답을 열어보고
모든 경우의 역사를 알고
어렴풋한 안개 너머를 염탐하니
그 앞은 없었습니다
정확한 답이 없는 세계와
적확한 답이 없는 인생이었습니다
무지의 축복이 깃들길 바라며
어둠 속으로 한 걸음 두 걸음
망각 속으로 사라짐 속으로

# 꿈을 잡는

꿈 이야기 들으면
조금 부럽긴 해
다른 이의 꿈은 형형색색
늘 바라던 모습이겠지
나의 꿈은 형과 상과 색이 없어
감정과 감상 덩어리만 가득해
순수한 감정을 느낀 적 있어?
왜라는 이유 없이 단번에 와닿는 감정을
논리와 이성의 영역을 거치지 않은
순수한 두려움 공포 외로움 홀로됨
공허
늘 바라던 것이기에
꿈에 나타났나 봐
다행이라면 아직은 꿈이라는 거지
새벽이 밝고 아침이 되면 잊어
어제 아침까지는 그랬지

# 별의 늪으로 들어서며

별이 죽으면 어디로 가냐고
별은 죽어도 무덤으로 들어가지 않아
쪼개지고 부서져 늪으로 떨어지지

아는 이야기이지
누군가에게는 유리 조각이 깔린 가시밭길
다른 누군가에게는 흉물의 버려진 거리
하지만 나에게는 고향
별의 늪에 누우면
날 선 파편을 빼냈던 부위에
다른 흉물스런 파편이 박혀
괴롭고 슬프고 아파해도
이것이 나를 더 나은 존재로 만들리라
이 말 하나 믿고 아파하지

# 입자의 바다에서

입자의 바다에서 외치니
나 여기 있다
메아리라도 돌아오리라 믿으니
나 여기 있다
나 여기 있다
제발
입자의 바다에서 외치니
누가 답해주길 바라오
제발 부디 나 여기 있다
나 여기 있다
간단한 응답이라도
존재를 알려주소서
나 여기 있다
나 여기 있다
입자의 바다에
나
나 여기 있다

# 空

언젠가
언젠가는 空으로 만든 벽돌벽이
원래의 의미로 돌아가고
여태 올린 空 사이
그나마 만들어낸 의미가
무작위로 떨어지니
그래 이런 거였지
허망한 것이었지
의미를 쌓는다는 것은

# 正義

아득바득 이를 갈수록
힘이 풀릴 때 더 아프겠지
그럼에도 그렇지만
그리 읊는다는 것은 버틴다는 것


오래 끌수록 더 아프게 다가오겠지
그래도 버티는 이유는
그것이 옳기에
그렇다고 믿기에
신념이자 표상이며 버팀목이기에


스스로에 대한 정의가
그른 것임이 증명되어도
버티려고 악을 쓰는 이유

# 昏

끈끈한 인연은 화합물 같아서
아무리 두어도 어지러운데
나의 것은 혼합물이기에
잠깐 두어도 정돈되네
혼하고 탁하지 않은 질서정연한 모습
투명하게 보이는 게 다인
가능성 말살된 관계들

# 칸트식 맺음

거리 위에 놓인 삼라만상
창밖으로 보면
가히 아름답구나
세상 어느 것을 보아도
나보다 잘난 점 하나씩은 가지니
내 존재의 의의는 떠남이라
인사도 없이 떠나리라
인사조차 세상에 오점을 남길 터이니
스스로 남기는 방점 또한
역설이자 모순이자 예외로서
생각하지 않음으로써 마치리라

# 순환 첫인사

잘 부탁드립니다
저를 기억하시나요
구면이냐고요
아마도 초면일 테지요
제가 구면이고
몇 번씩이나 설명해 드려도
다들 초면에 장난친다 생각하셨죠
이것도 농담이라 여겨주세요
그럼 이번에도 잘 부탁드립니다
또다시 그리고 곧 저를 잊으시겠지만

# 독

이제껏 입으로 이야기를 게워내는 것에
원초적 만족감을 느껴왔습니다
허나 이기적 게워냄을 아니하니
곧 가득 찬 속이 더부룩하니
아
내가 이제껏 게워낸 것은 독이었구나
내가 해온 짓이 민폐였구나
누구도 독을 좋아하지 아니하니
이 독은 내 생을 통해 담아야 하는구나
아무도 원치 않으니
아무도 원치 않으니

# 遺

남기는 것은 없어야 한다
재산도 평도 연결도

나는 준비가 되지 않았으나
다른 나는 준비를 하나보다
갈망을 멈추고
소망을 그만두고
희망을 거두니
남길 것 하나 남김없이 소각하나 보다
남길 것을 남기지 않기 위해.

# 허물에게

탈피를 너무 많이 했나 봅니다
옷장에 허물을 더 욱여넣을 곳 없고
마땅히 버릴 곳도 없습니다
지금 모습 괴물 같겠지요

인간의 형태 속
인간의 상이 궁금하여
허물을 벗어 확인했지만
그래요
벗지 않는 이유가 있었네요
허물은 찢어져 입지 못해
다시 인간의 형을 취하기 위해
탈피를 반복해도
쌓이는 건 허물이고
어긋나는 건 저뿐이네요
탈피를 반복해도
뒤틀림만 심해지니
탈피를 반복해도
결국 인간으로 돌아갈 수 없나 보네요

# 타오르지 않는 불

나는 무엇인가
타오르기 위해 준비된 장작인가
발화를 촉진하는 기름인가
다른 곳에서 불을 가져오는 심지인가
한 번 붙은 불을 더더욱 끌어올리는 불쏘시개인가
장작 위에 올라 대신 타오르는 나뭇가지인가
그 무엇도 아니 되어
그저 타오르지 않는 불이라 주장하는
불에게 매혹된 망자인가

# 봄이 피어 오르네

봄이네
개나리 피고 벚꽃 피고
철이 다르긴 하지만 이상하게 같이 폈네
응 노랗고 분홍하고
작은 새 와서 누운 날 건들고 가네
찌르르 울음소리 몸집만큼 아담하니 귀엽네
지금 눈 감으면 다음은 없겠지
정오에 내리쬐어 반짝이는 물빛도
저녁놀에 생기는 잔잔한 나무 그림자도
봄 바람도 여름 바다도 가을 단풍도 겨울 설산도
이젠 나에겐 없을 것들
차라리 두렵거나 서럽거나 후회하거나 아쉬웠으면
이젠 그냥 멍하고 허망하고 공하니
응 담담하게 잊힐 준비를 마쳤어

# 담금질

많은 경험은
정신의 날을 무디게 만드니
이윽고 헌 정신은
새로 맞이하는 것에
쉬이 익숙함을 찾는 가벼운 칼이 된다네

최근 날을 새로 닦았다네
무뎌지다 못해 이가 나간 칼이기에
새로 마주한 재료는 수장이었지
물에 잠기어 서서히 그리고 급격히 죽는
말단부터 중추까지 괴성을 지르는
물에 잠기는 기분
긴장 흥분 두근거림
참신한 경험
몇 번 더 담가야지
더 이상 죽어가는 것이 두렵지 아니하도록
어느 날 스스로 물에 뛰어들 용기가 생길 날 위해

# 공석

희망과 가망의 부재를 느껴
출석부를 확인하니
아차
한 번도 출석한 적 없는
그저 공석이었구나
해 들지 않는 세상
잿빛 세상에서
해는 원래 뜨지 않았었지
단 한 번도
뜨지 아니했지
허탈해도
원래 그리했지

# 소거

무감각의 감각은
지운다기엔
빈자리가 남지 않으며
도려낸다기엔
아프지도 않으며
덮는다기엔
새로 생기는 것 없이
아무것도 없는 것
감정엔 필요와 목적이
처음부터 없는 것
처음부터 지금까지
그게 무엇인지 모르게 된다는 것

# 별의 길

별이 내리메
길을 비춰줬나이다
어둠 속으로만 걸으면
칙칙함에 스며들어
슬픔도 기쁨도 없이
그저 그렇게 살 수 있을 테지만

가시밭길
장미도 피지 않은 그저 강철 가지가 올라온
고행뿐인 아무도 알아주지 않을 길
구태여 그 길에 오름은
별이 비추기 때문에
그저 눈을 가리고
모든 길을 가보지 아니하였기에
모든 길이 가시밭길일 것이라 우기며
별이 그어준 길을 걸을 뿐
아픔이 아픔이 되지 않을 날만 바랄 뿐

# 나의 고향은

누군가의 고향은
누구도 밟지 않은 눈
표면에 얼굴 비춰보던 우물
모든 것이 자유로운 광야
다른 세상 두려운 아해의 골목
구름 위 신선과 천사의 정원

나의 고향은
아름다운 적 없었던 곳
좋은 것이 모여 경계가 무너진 곳
좋음과 나쁨
선과 악
아름다움과 추잡함
우와 열
줄 세우기를 중단하고
중심을 포기한 곳
비도 눈도 화산재도 햇살도
내리지 아니하고 떠다닐 뿐
하나의 우주이자 하나의 폐기장
시작이자 끝
참이자 거짓
무너지고 완전한 공화정 왕국
그곳이 나의 왕국이자 감옥 그리고 고향

# 질투에 대한 형벌

내 손재주가 세밀했으면 좋으련만
내 머릿속 상이 형상을 맺었으면 좋으련만
이 머리는 감정만 잘 받아들이는구나
현상을 되짚지 못하여 색도 상도
그 무엇도 재현하지 못하고
어렴풋한 감정만 덕지덕지 뭉개는구나
차라리 그 눈알 그 손가락
내 것이라면
차라리 그 열화된 복사본이라도 가졌으면
차라리
차리리

시기와 질투와 열등감과 증오와 서글픔
나와 저에게서 비롯된 흔적이니
오롯이 나 홀로 품고 가기를
어떤 맘인지 철저히 봉하여 드러내지 말지어다
추락한 진상을 감추고 묻고
내 더 나아지지 못함에 대한 원망으로 눌러
천천히 다르지 않게 태어나
침묵이 최선이라는 오답을 남발한 죄에 대한 벌로
평생 남을 시기하며 질투하는 것을
스스로 몸 안에 가두는 형에 처하노라

# 그 빛은 나의 빛이 아니기에

찬란하게
아스라이
울리는 감정은
나의 것으로부터 비롯되지 아니하기에
저 머나먼 곳
주파수가 비슷한 별에서
무차별적으로 퍼주는 빛이기에
이를 악물고
창을 들어
별을 아무리 노려보아도
저 별은 나의 것이 아니네
나의 손에 파편으로 들인다 한들
내가 빛나는 것은 아니네

창 쥔 손
명예 없이 되돌릴 수 없기에
나를 찌르고
돼지를 찌르고
날지 못하는 새를 찌르니
온 세상 달라짐 없구나
빛을 지키지도
빛을 담지도
빛을 내지도 못하니
어둡기만 한 나의 빛이니
그저 가라앉기만 할 따름

# 카산드라의 예언

언제나 홀로 고독할 것이니
주위를 두려워하고
작은 소리에도 경계하며
호의를 거절하되
받는다면 배로 돌려주어라
나의 죄도 나의 은총도 없나니
나는 언제나 홀로 고독하게
홀로 맴돌아 그 작은 우물에 스스로 갇혀
아와 타아의 구분선을 허물어
언제나 언제까지나 고독할 것이니라

# 게워내지 못한

하고 싶은 말이 많습니다
말 없는 그대
언제나 언제까지나
끝없이 들어줄 그대
쏟아내고 뱉어내고 게워낼
수많은 감정과 이야기가 있습니다
다만 이제 이 안에는
쓸 단어가 없는 것 같습니다
긁어낼 것들이 너무나 많은데
그냥 그저 그런
그 라는 단어가 없으면
제 안에 거북하게 묵힌 것들을
도처 꺼낼 방법이 없습니다

하고 싶은 말이 많습니다
속에서 끝없이 되풀이되는 감정에
제풀에 지쳐 쓰러지겠습니다
그냥 그저 그런 감정과 인이 있었음을
인으로 남아있기 위해
감정을 긁을 단어를 타인을 위해 쓴
하고픈 말 많았던 인이 있음을
기억이라도 해주십시오

# 방점

왜 사는지를 묻고
어디서 언제까지 살아갈지 고뇌하여
고민 끝에 낸 답이
힘들어도 어떻게든 살아 나가야 함을 깨달아도
매일 매주 매달 매년 다시 할 질문과 답을
수 없이 영겁의 윤회 동안 반복하는
그리고 모진 자학에 의미를 두지 못해
타에게 그 의미를 찾으려 하지만
나 모르는 의미 타라고 알까 싶은
문장조차 매듭짓지 못하는 데
삶과 의미 방점 찍을 수 있을 리가

# 오랜만에 별을 올려다 보니

우주에서 어둠 속에 머물길 택하고
얼마나 시간이 지났나
찬란한 빛
머금는 것조차 스스로 거절하니
이젠 별빛에도 알러지가 생겼나보다
바라보는 것만으로도 아픈 나는
안에 다른 빛을 담아낼 등이 없나보다
시샘하고 탐하기만 하는 어둠 속에서
은은한 빛조차 못 내는구나
더는 외로운 가로등도 아닌
그저 덩어리일 뿐이구나
원래 그럴 뿐이었겠지만.

# 까마귀 날자

검은 철새 무리 날아오르니
노을 지는 밤이 어둡게 물드네
한 마리로도 하늘은 검어지는데
아득한 무리가 날아오르네

툭

노란 배 같은 무언가 떨어졌다
하늘 아래 빛 한 점 없나니
빛이 땅에서 하늘 위로 떨어졌나보다
이곳엔 남아있는 빛은 없으니
애먼 까마귀를 적으로 삼으리
내일은 내일의 해와 달이 뜨겠지만
눈먼 나는 이제 까마귀만을 탓하리

# 고마워

고마워
목이 메어 제대로 발음하기도 어렵지만
고마워 모든 것이
말이 닳아 없어지고
듣는 귀도 풍화되었지만
고마워 미안해 고마워
닿지 않을 말 고마워
전해지지 못할 말 고마워
울어도 어쩔 수 없는
고마워

# 에리식톤의 우로보로스 턱뼈

황무지 위 절박하기에
스스로를 물어뜯어
허기와 갈증을 해소하니
어디가 머리이고 어디가 꼬리인가
나는 먹는 자인가 먹히는 자인가
새로운 먹이를 찾고자 함에
남아있던 기력을 헛되이 보내니
탐식의 뱀은 야위어 간다
탐할 것이 없는 대지
스스로를 뜯어내
연장 못 할 것을 이어 붙이네

# 연어

붉은 여행자여
향수를 쫓아온 이여
살았지만 죽은 자여
허망한 결말을 알고도
맹목적으로 행한 이여
희망도 미래도 꿈꾸지 않고
오로지 열망만으로 헤엄친 이여
부럽노라
어느 것도 쟁취하지 못한 나여
어떤 것도 바라보지 못한 나여
한심하구나

# 어느 물질주의자의 한탄

보이지 않는 것은 존재하지 않는다
사랑도 좋아함도 진심도
어느 뇌파의 잔재이며
실망도 울적함도 설움도
같은 뇌파의 여파이니
확실히 존재한다
허나 알기에 모른다
이 감정의 명명이 맞는 것인지
즐거움인가 흥분인가 두려움인가
감정에 이름을 붙이지 아니하면
느낄 수 없는 물질주의자이기에
늘 의심하는 물음표쟁이이기에
매번 한탄하며 살아갈 수밖에

# 자장가

안녕히 주무시기를
나 못 자더라도
대체할 수 있는 이들이
푹 자고 일어나
또 다른 하루를 대신 살아가 주기를
매미보다 오래 묻힌 나 대신
하루하루 태양 아래
희로애락 견디며
행복하게 살아가기를
나 대신 좋은 밤 보내기를

# 잔여음

들릴까
내가 낸 목소리가
메아리가 된 출사표가
잔음이 되다 못 해 백색소음 속에 파묻힌
내 이야기가 닿을까
들리지 않은 흔적에
들린 적 없는 파장에
어떤 가치를 찾을 수 있을까
찾아진 적 없는 내용물에게
의미라는 게 남아있을까

# 어느 동화

옛날 옛적에
누군가 살았고
역경을 겪으며
난관을 헤쳐나가
행복하게 살았답니다

오늘날 나는
아무개로 살았고
혹한을 견디지 않았으며
폭풍에 고개를 숙여서는
행복 없이 살아지고 있습니다

# 고양이 집회

초대장 보내
모임명은 고양이 집회야
모여서 각자 할 걸 해
서로 말도 하지 않아
그저 있어 줄 뿐이야
아직 한 마리도 없지만
와줄 거지
초대장 다시
다시 다시 또다시 보내
고양이 집회 초회지만
와주길 바라

# 커피 한 잔

잔이 쌓인다
머그잔 안에 종이컵 위에 페트병
커피를 담았던 것이 쌓인다
짧은 여유 작은 쉼 소박한 사치
진짜 커피가 어떤 것인지 모르지만
마시고 마시다 보면
언젠가 마시게 되지 않을까
이제 잔을 쌓아 올리고
손가락을 키보드 위에 올리고
잠을 저 멀리 날리고
해야만 하는 일을 하자

# 콘크리트 펑크

네온이 가득했던 거리
밤의 찬란했던 형광은
이젠 어디에도 볼 수 없네
쓸쓸한 회색 콘크리트
위로한답시고 모인 풀잎들
잔잔한 게 아름답다고
그럴 수 있지만
차가운 잿빛뿐인 나는
빛나지 못해도
바라만 봐도 즐거웠던
네온의 별빛이 그리워
아무도 나 기억하지 못한다 한들

# 나를 위한 장송곡

노래를 부르오
듣는 이는 없소
애달프고 억세오
언젠가 잃을 나를 위한
아직은 듣는 이 없는 곡이오
이에 이름을 붙이오
무명장송곡
필히 잃어버릴 나를 위한
위령곡이기도 하오

# 그림에 없는

그림을 그립니다
잘 못 그리지만
그래도 숨 돌리기엔 좋습니다
저 안에는 풀과 바람
그리고 강물이 살아 숨 쉽니다
그림 속 세상은 한결같겠지요
내가 없는 세계
내가 없어진 세계
내가 없어질 세계
그런 가정 필연 상상
이들 없이도 그림 속은 변치 않겠죠

# 장비를 덧대어

어거지로 좋은 장비를 사는 이유
과분한 도구를 구비하는 이유
5할의 힘도 못 내는 물건을
꾸역꾸역 장만하는 이유

나는 아니기에
그렇게 좋은 이가 아니기에
장비라도 좋다면
도구라도 괜찮다면
더 나은 척을 할 수 있지 않을까
진짜 나를 더 감출 수 있지 않을까

# 침묵이 수다요

가장 수다스러운 날이요
가만히 앉아 그대 말 듣소
재잘재잘 하루 일과
조잘조잘 상사 뒷담화
와다다 소박한 즐거움
그대 잘 살아 있구려
내 이야기엔 관심 없구려
그래 듣기만 하겠소
듣기만
어차피 내 이야기 재미없으니
그대 이야기만 듣겠소
언젠가 인형이 나를 대신하기 전
이 자리에 앉아주겠소

# 달하

달이여 높이 뜨소서
아무개 볼 수 있게
높이 높이 떠오르소서
세상 슬피 우는 이
수많은 눈물 자국 비추어
나의 비극이
같잖은 범인의 이야기로
별일 없는 이야기로 만드소서
나의 슬픔은 달빛으로 지워
텅 빈 마음으로 게워내주소서

# 각자의 정의

각자의 삶
각자의 길
각자의 정의
나의 정의는 타에게는 불의
내가 그러하구나 싶어도
타에게는 꺾어야만 하는 그릇된 것
내가 꺾지 않으니
꺾이는 건 오롯이 나뿐
그래도 복수는 하지 않으리
각자의 정의에선
모두가 옳으며
모두가 그릇되기에
나는 알기에 쓰러져 사라지리

# 러프의 산

연필 쥔 떨리는 손
다음은 선을 올리는 단계
거친 스케치 위에
정돈된 구조물을 세울 시간
콩깍지를 거둬내고
참담한 피조물을 맞이할 때
나아가기 위해선 해야 하지만
맞닥뜨리기엔 연약한 마음
오늘도 종이 뭉치는 쌓여간다
다음을 직면하지 못해 생긴 태산

# 상흔

누군가 말했던
팔목의 나이테
아프겠지 아팠겠지
나에겐 없는 상처
팔목에도 목에도 없는
고달픈 성장의 흔적
입안이 쓰네
애매하게 아픈 성장통에
제대로 크지도
무너져 내리지도 못해
상처 없이 못 자란 나무

# 히드라

머리는 여럿 달렸으나
잘리는 것이 업이라네
저 맹목적인 영웅의 업은
나를 베고 칭송받는 것
하나가 둘이자 넷인 머리는
할 줄 아는 것 없고
차라리 머리를 손으로 쓰리라
허나 저 미약한 자의 손이
나의 수많은 머리보다 나으니
곧 업을 달성 하겠구나

# 퍼즐

톱니를 맞추는 놀이
삶은 그 퍼즐을 뒤집어 푸는 것이라
완성될 그림이 어떤 그림일지
절경일지 난잡한 선의 모음일지
그 누구도 알 수 없기에
그저 맞는 조각을 맞대고 이어 붙이네

괜찮은 것일까
이 뒤의 그림은
별이 된 후에 뒤집어진 그림은
후에 어떤 말을 듣게 될까
답을 지레 정해놓고
퍼즐 조각을 내려놓고 울다가
다시 삶을 집어야만 하네

# 만드라고라

뿌리 깊이 내려 자라다
작디작은 꽃이나마 피우네
끝으로 느껴지는 바람
소박한 즐거움 넘치네

처음 뵈는 볕
처음 느끼는 공기
우악스러운 손길
어찌해야 하는가
뿌리 내리고 자라기만 했기에

아
그렇구나
난 이걸 위해서 길러졌구나
결국 길러져 도축 당할 명이구나
스스로 귀를 멀게 할 단말마가 내 유언이구나

# 포기

전부 놓아버리고 싶다
지금 포기한다면
뭘 해야 하지
아니 뭘 안 해야 하지

# 역행편지

늦은 답장을 드립니다
제 답변은 예상한 대로
평안하지 아니합니다
과거의 그대가 행복을 위해
지금의 나를 희생시켰기에
기대만큼 힘듭니다
여유 없지만 근황입니다
미래의 나에게 물어볼 겁니다
지금 나의 희생으로
그 시간대는 행복한지
나의 희생과 노고가
과거와 미래를 행복하게 만들었는지
헛되지는 아니했는지

# 카르마

이 칼은 6년 된 것이오
이 날은 38개월 된 것이오
이 도는 어제 찔린 것이오
심장에 찌른 자는 아와 타아이니
상처로는 완벽의 조화요

뽑지 마시오
연고를 건네지도
위로조차 내밀지 마시오

오롯이 나의 죄이지만
속죄는 불가이기에
그저 나처럼 되지 마시오
그저 나처럼 되지 마시오
염불 외는 것이
내 할 일이니
그저 나처럼 되지 마시오

# 모래알

가만히 우주를 들여다보면
아무것도 없다
별빛만 그저 별빛만
오로지 허무만
찰나
의식이
지구로
그 아래 작은 땅으로
떨어지면
바글바글
나는 어디에 있는가
나라는 건 존재하는가
나와 나 아닌 건 어찌 구분하는가
수많은 모래알 중에 나는 어디 있는가

# 자해의 뿌리와 갈망하는 손

그렇게 오래되지 않은 옛 시절
스스로를 해하는 뿌리는
자애의 날개를 끌어내려 지상에 묶어내니
이는 나 힘을 길러 날아오르기 위함이로다

그래서 날아올랐느냐
뿌리는 허물을 몇 해고 벗어내어
손의 형을 띄며 날개를 옭아매니
사랑의 날개깃을 뜯어내며 외치네
더 더 더 더더 더더 더더더더
탐욕 욕망 소망 허욕 선망 갈망
이 손은 무저갱이 다 차야 끝나리라
허나 이것도 저것도 나이며 나이기에
부정하지도 뿌리치지도 못하리라
이내 날아오를 태초의 목적도
날아오르는 방법도 뜯기게 되리라

# 고래

고래의 뒤척임은
물보라를 낳고
보트 위의 나는
어떠한 빛도 못 찾은 나는
다른 별도 아니 찾고
어떠한 기록도 없는 나는
그래 물보라를 낳자

# 금주령

술을 손에서 놓은 지 꽤 됐습니다
좋아하던 소주도 양주도 낯습니다
간도 체중도 질환 때문도 아닙니다
그저 병을 쥐고 있으면
자잘한 생각이 많아집니다
우연히 잔에 수건이 꽂히길
기이하게 손에 라이터가 들려있길
정말 의도치 않게 그것이
모든 걸 태울 불이 되어 내 손에 들리길

그래서 술을 끊었습니다
맨정신으로 고통을 받아들였습니다
성한 마음으로 소식을 찾습니다
멀쩡한 심신으로 증명의 근거를 봅니다
아직도 술이 그립지만 괜찮습니다

# 검은 물

까만 잔에 비치는 얼굴
원래 검은 것인가 검게 변한 것인가
혹은 검은 것에 비춰서인가 복합적인가
잡생각에 들이키는 검은 물
은은한 탄내가 코를 적신다
짙은 쓴맛이 입술에 맴돈다
해야 할 일은 모니터 빛으로 호통친다
검은 것은 희게 흰 것은 검게
꿈의 세계로 출장을 가고 싶지만
거절이라는 글씨 위에 찍힌
검은 원 자국을 보니 글렀다

# 잘못된 비유

해가 지면 다시 떠오르고
비는 언젠가 그치며
추운 날 뒤엔 따뜻한 날 올 거야
그렇지?

# 생일날의 일과

7시 기상 및 세안

7시 반 아침 식사

8시 출근 버스

9시 근무 시작

18시 반 퇴근길

20시 자취방 도착

22시 취침

완벽한 날

# 유일의 기도

나 유일하길
세상 나 홀로 특이한 존재이길
나 같은 이 나 혼자이길
홀로됨에 속상하고
고독함에 상처받고
내지른 아우성이 묵음 되는
그런 이 나 홀로이길
모두 행복하길
모두
모두 행복하길
모두 모두
그곳엔 나 없겠지만
모두 안녕하길

# 되새김

같은 말을 반복하고
동의어를 되짚고
유사어로 다시 살리고
수많은 날
수많은 상황
그때 그 말을 해야 했는데
곱씹고 가정하고 떠올려
후회와 미련과 고뇌를
되새김질한다
다른 일을 먹은 적이 없기에
다시 또다시 한번 더

# 손톱

손톱 뜯는 건
말단 부위의 존재를
언젠가 지각하지 못해
나중에 인지하지 못할까
군중 속의 나처럼
시나브로 사라질까
그런 하찮은 까닭

# 종말이 온다면

세상의 끝이 온다면
모든 명이 끊기고
삶의 소리가 멈추는
그런 날이 온다 해도
아무 느낌 없어
이미 수십 수백 번
상상하며 겪은 미래였기에

# 허물어진 보루

마음속 무너진 것은
되돌릴 수 있는가
수리할 수 있는가
새로이 세울 수 있는가
허물어진 철학은
지워져 자리를 만들 수 있는가
영영 무너진 채로 남는 것인가

# 봉화지기

오늘도 알립니다
평화로움을 알립니다
곁눈질로 보실 걸 압니다
그렇기에 알립니다
스쳐 가는 시선에
일상의 안도가 담긴다면
그걸로 됐습니다
그걸로 됐습니다
누가 점화를 하는지 모르셔도
언제 누가 어떤 연유로
대체되었는지 모르셔도
일상의 안도가 있으시다면
그걸로 정말
서글피 울지만
그걸로 됐습니다

# 나의 글이 반짝일 때

난 별에 가보지 못했고
그건 나의 부분과 파편 역시 동하네
오늘 아침까지 믿어 왔네
보내준 편지 읽었다네
근황 편지에 동봉된 필사본
반짝이는 글씨
별과 함께 있는 나의 부분
요즘 잉크엔 별이 들었다 하네
해가 넘어가는 하늘의 별처럼
종이에 스며들어 숨죽이다가
반짝이는 자태 드러내니
부럽다네
애타게 부럽다네
난 별에 가보지 못했지만
나의 부분은 가게 되었으니
기쁘게 서글프고 서럽다네

# 부두 인형

벽에 커다란 짚 인형
나무 말뚝으로 명하니
은 탄환으로 읊나니
철 기둥으로 고하니
네 있던 곳으로 돌아가라
네 있어야 할 자리로
네 근원으로 돌아가라
내 있어야만 하는
내 분수에 맞는 곳으로

# 시간 상자와 잔상

아주 작은 미세한 흐름조차
상호 교차가 수로 세어진다면
적층된 시간 속 우리는 어디에 있는가
이미 행해진 미래의 나와
오지 않은 과거의 나는
존재한 적 없는 나는
언제라는 장소 속 어디에 있는가
모르기에 만날 수 없다지만
이미 그들이고 그들이었으며 그들일
나는 보고 말았네
없는 없던 없을 시간을

# 불새

더 크게 타오르기 위해
다시 한번 날아오르기 위해
태우고 사그라든다
수를 세는 것이 무의미해질 때까지
죽어 살아가리
언제까지나 언제까지나
죽지 못해 사는 것이 나의 업이기에
죽어야 끝나는 업이기에
끝날 수 없는 업이기에
살아가는 저주이기에

# 등용문

잉어가 폭포를 거슬러 올라가면
하늘을 호령하는 용이 된다고 하지
부럽구나
나는 매미같이 땅에 스스로 매장하여
언제일지 모를 승천을 위해
스스로를 깎고 새기며
고통과 번뇌에 휩싸이는데
잉어라는 것들은
한순간의 좋은 흐름으로써 용이 되니
나는
기다림과 머무름에서 벗어난 나는
다른 부름에 꺾이어 떨어지는데
용이 되지 못해 통탄하노라

# 묵힌 것은

상하면 부패
익으면 발효
해방되지 못한
갈망과 절망과 허망은
상하여 무망이 되는가
익어 피어나 소망이 되는가
아직 깨끗이 열지 못한 마음
묵히기만 모셔두기만 하노라

# 바람

소용돌이치는 바람에 져서
어릴 적 눌러썼지만
이제야 벗겨진 후드 근처에
헌 바람 가고 새로운 바람 부네
바라봐줬으면 하는 바람
알아채 주지 말았으면 하는 바람
아무 일도 일어나지 않길 바라는 바람
무슨 일이라도 일어나길 바라는 바람
수많은 바람이 후드를 지키고 벗기고
나의 손은 아래로도 뒤로도 기지 못하고
바람에 휘둘리기만 하네

# 단역

모두는 모두의 삶의 주인공
달리하자면
모두는
타의 단역이자
쉬이 대체될 배역이니
왜 불태워 살아야 하는가
어이 삶을 유지해야 하는가
오늘도 무대 밖으로 나가지 못한
배역조차 배정하지 못한 자의 한탄

# 나도 내가 불쌍했으면 좋겠어

내가 불쌍하다고?
그렇지 않아
널널하지 않아도
부족하지 않은 집안 사정
화목한 가정
배우고 싶은 걸 배우고
하고 싶은 걸 했지

다만
이해하지 못할 것을 보고
이해받지 못할 것을 말하는 건
조금 많이 쓸쓸해
외롭고 허전해
그래도 내가 불쌍하지는 않아
가진 게 있으니 이런 생각이나 하는 거겠지
나도 내가 불쌍했으면 좋겠어
허전함에 나의 살을 깎아
썩어 사라질 살점 조각상을 만드는 건
이젠 하고 싶지 않으니까

# 이치에 보내는 찬가

보기 전에는 존재하지 않는다는
아주 아주 작은 세계의 이치에게
존경과 애정을 담아 보내는 찬가

아아 이치여
찡긋한 눈빛에도 튕겨 나가는 이여
가능성과 가능성 사이에서
우리의 미래 역시 가능성의 갈래라는 위로를 건네는
공평하게 자상하며 차가운 이여

감사히 받기만 하겠나이다
시선도 결국 그대이기에
모든 것이 그대의 목적대로 흘러가리
차갑게 죽을 그대여
영겁보다 긴 세월
만수무강하소서

# 도시의 늪

콘크리트가 붉은 뼈를 드러내고
걷는 자의 거리를
붉은 꽃 화원이 대신하는 새벽
같이 걷던 이 어디 없네
별이 되었나
하늘을 올려다보면
늦게 반짝이는 빛
모두 저곳까지 닿았구나
저기 멀리까지
내 손을 잘라 던져도 이르지 못할 곳
언제까지나 노래 부를게
애잔한 축가를
바라던 대로 이뤄진 찬미가를
이뤄진 기원가를

# 줄 밖으로 나간 자

바라메
타의 것을 탐하네
저것은 나의 것이 아니메
때를 기다리면 나눠 받을 수 있나니
허나 모두가 바라는 것
모두가 얻을 수 없는 것

그러니 나를 줄에서
기다림의 줄에서 스스로 베하여
나의 몫을 타에게 베푸소서
나를 위한 위선
언젠가 돌아올 선의를 위해
탐욕과 욕심을 숨기리
뒤늦게 얻게 되나니
손에 얻지 못하여도 좋나니
애달피 마음을 거부하여도
갈망하노라 욕망하노라
이미 줄 밖으로 나갔으메
그저 묵음으로 침묵으로 서글피 우네

# 검은 등대

거친 바다가 두렵다네
나간 적 몇 없지만
여전히 두렵다네
검은 등이 바다를 비추네
보이지 않는 빛이
뱃사람과 파도를 보여주네
어선과 심해어를 들춰주네
별과 공간을 헤아리네
수많은 파도
셀 수 없는 물결
나약한 육신
가냘픈 어선
한 파동에 수많은 별이 휘청이네
보이지 않는 등불
파도에 삼켜지길 바라지만
등대는 무너지질 않네

# 왕좌에 앉아

앉게나
아 의자가 없구려
어쩌겠나
끝없이 떨어지는 구덩이에서
무엇을 바라는가
나도 노력해서 이 왕좌를 얻었다네
참으로 눈물겨운 노력이었지
종말이 찾아와도 끝나지 않을 낙하이니
가부좌라도 틀고 이야기 나누세
자네는 어이 이곳에 왔는가
살육 탐식 비난
나 말인가
역설적으로 스스로 걸어왔다네
나 자신을 끌어내려 떨어졌다네
왕좌에 걸맞은 이야기 아닌가

# 오롯이

거울을 사이에 두어
자상하고 따스한 말을 주고받고
서로의 오물에 대해 언질을 주며
가끔 싸우더라도 조금 후 화해하는
누구나가 부럽습니다
거울 속은 공터
아니 애초에 거울 없었습니다
여기 나 있다는 걸 알기 위해
심장 멈추는 날까지
제 몸을 만지며 더듬이며 싱처 주며
상상하고 되짚고 반추합니다
없는 거울 안팎 오롯이 홀로되기에

# 닻

검고 매끈한 이어폰을 끼어
주변 모든 소리에 음소거를 건다
광장 중앙
삼백하고도 오십세가 넘으신 나무 할배
밝은 볕으로 그림자놀이 선보이고
수많은 나들이객은 오순도순 모여 구경한다

작은 가족 가고 큰 가족 오고
같은 옷 입은 이 가고 손잡은 이 오고
하염없이 걷는 이 왔다 바로 가고
두 손 가득 쥔 이 왔다 쉬었다 간다
광장은 빠르게 형형색색으로 바뀐다

그래 저 멀리 망지기 있는가
우리네 삶이 한 폭의 타임랩스 사진이라면
한없이 스쳐 지나가는 광장의 사진이라면
만 개의 표정으로 봤고 보고 볼 망지기여
나는 이 사진에서 닻으로 존재하는 것 맞는가
즐거우이 주변은 휙휙 바뀌지만
쉬이 바뀌지 않는 나는
저 높이 그리고 멀리서 보면 볼만한가

# 소멸

걸으면
어디든 아무나 존재하는 곳을 걸으면
은은히 반짝이는 사람과 총총 빛나는 사람
눈부신 사람과 특색있는 빛을 두른 사람
부러움과 시기와 질투 너머
간절히 바라는 마음 너머
모두가 그 빛을 유지하길 바라는 기원 너머
허망함과 쓰라림 그리고 해탈 너머
공의 영역

걸으나 걷지 않고
빛내고 싶으나 빛나지 않고
스스로를 태우나 타지 않으니
사라지는구나 빛도 소리도 없이

# 초대장

초대장을 씁니다
드물게 외로움을 느꼈기에
누군가의 온기라도 필요했기에
왔으면 하는 바람을 담은 문구를 적어
손 글씨로 적어냅니다

당신이 알아보길 바라는
나의 문양 나의 색
왁스 씰로 봉인까지 하고 나니
보내지 말아야겠습니다
와줬으면 하는 곳은 폐허
필히 실망할 곳
분명 이용한다고 느낄 곳
당신을 위해 보내지 않겠습니다

초대장을 넣습니다
보류함에 차곡차곡 쌓인 갈망은
두 선반과 여덟 바구니를 채웠습니다
당신이 와줬으면 했던 폐허는 단장해도
아름다운 폐허로 남아있습니다

# 어떤 미래

어떤 오늘은 심장마비
다른 오늘은 전쟁
또 다른 오늘은 이유 없는 살해
많은 세계 속 나의 내일은 오지 않는 날
지금 여기 나의 내일은 꾸준히 찾아와
오늘의 자리에 앉겠지

내일이 오지 않기를 바라도
새벽녘 아침 해 유리창 넘어오듯
두꺼운 납 벽을 통과해 오지 잃듯
찾아오겠지
슬피 울어도 오겠지
괜찮지 않은 날에도
문손잡이 돌리며 좋은 아침이라 말하겠지

# 미추락 충돌구

저곳엔 날 이해할 이 있을까
밤하늘 올려다보면
세다 놓칠 별 광활하게 펼쳐져 있고
땅바닥 내려다보니
좁게 남겨진 발자국은 구덩이를 만들었네

저 별 중엔 날 이해할 별 있을까
방금 본 우주를 마음에 가두고
별 하나 살피고 별 둘 뒤적이고
분주한 발걸음 깊게 파이는 구덩이

이곳엔 날 이해할 누군가 있긴 할까
빛조차 거부한 구멍
나가고자 하여도 소리도 빛도 없네
뛰어도 대안을 찾아도 옆으로 굴을 파도
이곳엔 나
가둔 우주만 남은 나
이해하지 못하고 이해받지 못할 나
그래 여긴 누구도 없네

# 사후세계가 있다면

사후세계가 있다면
죽음 뒤 보상과 형벌의 세계가 있다면
그곳에 육중한 철거 망치를 들고 가리라
나의 고난과 반추는
상과 벌을 위한 것이 아니니라
스스로 이름을 주지 못한 것은
어떤 처형을 주어도 참겠으나
바르게 살고자
더 나은 이가 되고자
자아의 행복을 바라고
타인의 슬픔을 바라보고
과거를 되짚고 미래를 읽은
고통과 우울은
고작 사후 재판으로 흐려져선 안 될 것이다
그렇기에 사후세계가 있다면
더는 존재하지 않게 하겠다

# 빙산 지하철 멜로디

숫아오른 빙산에 기대 누워
잊힌 노래 흥얼흥얼
오선지 검은 음표는 흘러넘쳐
지하철 아래로 스며들겠지
아무도 주워 담지도
누구도 스쳐 가지 않는
잔잔히 흔들리는 선율
순간이여 영원하여라
너는 참 아름답구나
앞으로 언제나 언제까지나
얼어붙은 세계는 참 아름답구나
숫아오른 빙산에 기대 누워
가사와 악보 모두 지워진
멜로디만 남은 노래 중얼중얼

# 탄원서

탄원서를 썼습니다
아름답고 자상한 세계지만
고통받고 구슬피 옮에 대한
보상이 아닌 시정을 위한 탄원서입니다

만인의 만인에 대한 투쟁 부서는
싸우기에 바빠 받지 않습니다
더 큰 사회적 생명체 부서는
제 탄원서를 접수만 하였습니다
계약서가 쌓인 부서는
이 문제는 저의 문제라 거절했습니다

다행입니다
마지막 부서의 답을 통해
늦게나마 탄원서를 낼 곳을 찾았습니다
탄원서 고이 접어 목구녕에 넣었습니다
방금 접수했으니 처리결과까지 기다려야겠습니다
이번에는 시정 전까진 가리라 믿습니다

# 이야기의 끝

비극도 희극도
마지막 페이지를 넘기면 끝
새로운 극의 빌미가 있어도
새로 생기는 장은 없나니
모든 이야기가 부러운 건
꼬리가 길어지지 않기 때문이니라
역경과 갈등도 카타르시스 복선도
마쳐도 계속되기에 힘들고 버겁기에
여지없는 깔끔한 이야기의 끝
나의 삶이 그러했으면 하노라

# 이유

어제 먹다 남긴 치킨 세 조각
한 시간 줄 서서 사 온 맛집 조각 케이크
슬슬 다 먹어 치워야 하는 반찬
주말에 만나기로 한 저녁 약속
핵심 인력으로서 진행 중인 프로젝트
돈으로는 갚지 못하는 은혜
수습해야 하는 알게 모르게 저지른 실수
죄책감
살고 싶은 것이 아닌
살아 있어야만 하는 이유

# 생존 일지

잘 살고 있어요
아픈 곳 없고 다친 데 없고
배불리 먹고 있고 즐거워요
보급 물자가 슬슬 부족해서
이 건물 저 건물 들여다보지만
부족한 건 여기저기 같네요

잘 살고 있어요
배곯지 않고 사지 성하니
잘 살고 있는 거겠죠
그렇게 느끼고 생각해야만 하겠죠
부족한 건 없으니
필요한 건 있으니
잘 살고 있어야만 하니
네 전 잘 살고 있어요

# 넘지 말았어야 할

우주는 얼마나 넓은가
지구는 어디에 있는가
지구의 시간 속 인간은 얼마나 오래되었는가
오랜 세월 속 인간은 무얼 했는가
나는 나의 행위는
넓게 펼쳐진 역사 위에
언제 어디서 어떻게 무엇으로 기억되는가
애초에 숨의 획이 남을 수는 있을까

# 균륜

요정이 뛰놀던 자리
버섯이 둥글게 피어난 작은 성지
중앙으로 살포시 들어갔다
달과 해의 몽근한 향취 감돌아주니
오르골 위 발레하는 인형처럼
천천히 손끝 발끝 호를 그린다

작은 경계 작은 쉼터 작은 안식처
아담하니 아름답구나
뱉는 숨 나긋한 동세 잔잔한 콧노래
아름답겠지
봐준 이 봐줄 이 긍정해 줄 이
없지만
메인 목
요정의 작은 보호소 안
지금 나는 아마 아름답겠지

# 해부

오늘도 감정을 해부합니다
접시 위 싱싱하게 팔딱이는 녀석을
포크와 나이프로 잘라냅니다
행복이라 하는 무언가를 찾기 위해
행복이 아닌 부분을 잘라냅니다
즐거움 기쁨 만족
안심 감격 감동
성취감 대견함 해탈

뜯어내고 잘라내고 내다 버리니
접시 위에 남은 것은 없습니다
오지 않을 내일에는
행복을 발견하길 기원합니다

# 자화상

목탄을 들어 그어 내린 녹은 자화상
일순의 숨결이라도 사라질 레플리카
그것마저도 원형의 복제로다
무채색에 불안정
채색과 픽사티브는 과유불급
수정하고 덧대어도
지우고 뜯어낸 흔적은
종이와 시간으로 가려보아도
다 가리지 못하였나니

차라리 러프가 좋았어
찰나의 후회도 프렉탈
허나 돌이킬 수 아니하고
새 그림이 더 나을 것이라는 판단과
어떤 자화상에도 같은 비탄을 할 전망에
누더기 목탄 자화상을 끌어다 앉고
그저 존재함에 관한 조의를 표하노라

# 축

기념하고 의미를 세웁시다
어떤 것에도 네임택을 붙이지 못했기에
자신이라는 존재에도 작은 표도 아니 붙였기에
묵념하기 위한 이정표를 박읍시다
이정표로는 묵직한 바위에
끌로 두 날짜를 새깁시다
새로운 자신은 존재치 않기에
언덕 위 푸른 초원 석축 앞에 홀로 서
축사를 읊고 축가를 부르고
축복을 내리고 축하합니다
이렇게 오늘이라는 색 없는 날에
난잡한 기준을 세운 것 같습니다

# 돌아온 마무리

언제나 언제까지나
별의 늪에서
기다릴 테고 돌아올 테니
언제고 살아 다시 뵙길 기원합니다